문학과지성 시인선 295

누군가 다녀갔듯이

김영태 시집

문학과지성사에서 펴낸 김영태의 시집

여울목 비오리(1981)
결혼식과 장례식(1986, 개정판 1994)
남몰래 흐르는 눈물(1995)
그늘 반근(2000)

문학과지성 시인선 295
누군가 다녀갔듯이

펴낸날 / 2005년 3월 11일

지은이 / 김영태
펴낸이 / 채호기
펴낸곳 / (주)문학과지성사
등록번호 / 제10-918호(1993. 12. 16)

서울 마포구 서교동 395-2(121-840)
편집/ 338)7224~5 FAX 323)4180
영업/ 338)7222~3 FAX 338)7221
홈페이지/ www.moonji.com

ISBN 89-320-1584-8

---

* 지은이와 협의하여 인지는 생략합니다.

* 잘못된 책은 바꾸어드립니다.

문학과지성 시인선 295

누군가 다녀갔듯이

김영태

2005

시인의 말

시인은 일흔부터라는 말을 읽은 기억이 난다. 어느새 나는 종점에 와 있다. 여기까지 와서 보니 裝飾이었다. 조그맣게 헐겁게 지나쳤던 線들이 이 끝에 묻어 있다.

2005년 3월
草芥 訥人

누군가 다녀갔듯이

차례

▨ 시인의 말

제1부

제2부

제3부

제4부

제1부

누군가 다녀갔듯이

하염없이 내리는
첫눈
이어지는 이승에
누군가 다녀갔듯이
비스듬히 고개 떨군
개잡초들과 다른
선비 하나 저만치
가던 길 멈추고
자꾸 자꾸 되돌아보시는가

정적

너도 나도 인간들이
제 이름을 지키기 위해
양지로 나가는 것도 좋지만
음지에 남는 것도 괜찮다
나라를 토론장으로 끌고 가는
시대일수록 외면해버리면 어떠랴
음지에서 겨우
밥 먹고 살지만
(문학판도 마찬가지)
양지는 늘 쨍하고
음지식물은
더 고개 숙여
정적을 배운다
참으로 정적은 수다스럽지 않으니
고개 숙인 만큼 제 값도 있는 법이니

옛날 현대문학사

신문기자 질문에
시인의 여동생이 20대였을 때
잉그리트 버그만 모습이라고 말했다
(기사에 인용되었듯)
오빠 무덤 곁을 안 떠나는
일흔 살의 정적도 이쁘다
이쁜 것을 회 쳐 먹는 세상
50여 년 전 종로 5가 골목 현대문학사
누이 모습을
가슴에 넣고 살면 어떠리
이따금 꺼내 보고 싶은
추억도 이미 늦은 나이에 와 있다
그런들 어떠리
저런들, 막차가 구내에 들어선들
기독교방송국 건너
청국장집 뒤편 習作 들고
발품 팔던 그 거리
너그럽던 아무것도 석지 않았던 미소를
지금 주워 담은들
시인의 중절모 옆에

길게 흰 눈썹을 찾아간들
일흔 살 청춘
귀퉁이를 뺏기는 글렀더라도

나의 뮤즈에게

짚고 다니던 지팡이도 도망가고
몇 올 남은 머리카락도 허술한데
안무가 조지 발란신이
어린 뮤즈를
'나의 스트라디바리우스 바이올린'으로
춤 무대에 세웠듯 나의 뮤즈여
이 세상 걸레들이
네 몸을 알겠는가?

六甲 떨면 어떠리

손이 안으로 굽은
무용가들이 출판기념회에 다녀갔다
(이 나이에 다 부질없는 짓)
책 표지에 나온
사람은 오지 않았다
종이 위에서
진주 교방 굿거리를 추고 있다
나의 한쪽 팔은 숨겨 두고
六甲 떨면 어떠리
굿거리 버선발이 조금 들려 있어
갈퀴처럼 빠진 머리털이
엉성하게 일어나고 있다
개부랄 상놈들만
판치는 굿판도 요지부동
罪진 거 없이 여기까지 왔으니
다 용서하고 보자기에 싸서 가지고 갈 테니

5인조 밴드

늘그막에
나와 네 사람 5인조 밴드
(알려지지 않은 악단)
자라다 만 늦둥이
쓴소리 토하는 찍새 사진작가
제 몸의 소름 물 말아먹는 교방 굿거리
눈 부릅뜬 밤부엉이 방송인 레옹
찢어진 헝겊 나
관객은 없어도
음악을 연주하는
(듣거나 말거나)

虛行抄 시상식

사람이 외로울 때
가만히 서 있는 풍경
가만히 흐르는 눈물
코드가 만능인 시대, 시상식장
막대기에 붙어 있는 저 사람
사람이 그리울 때
쑥대머리 鹹도 멎고
가만히 흐르는 이 진물!

미지

서 있는 모습이 춥다
늙은이 옆에
비 갠 5월 저녁
길바닥까지 배웅하러 나온
미지는 팔도 종아리도 가슴도
아직 未知이듯 이쁘고 춥다
비 그친 서쪽 하늘이 유난히 환하다
염라대왕이 늙은이를 곧 끌고 가겠지만

팔

내 팔은
이 세상에서 너 하나뿐이듯
어디론가 흐르고 있다
흐르다 보니 네 옆구리
안에 묻혀 있다
진눈깨비인가 어딘가

이 詩集

— 정현종에게

이 詩集을 읽으면 숨 가쁘다
모든 게 범람이며
미달이고 천해서
지상의 양식은 없거늘
이 시집의 숨가쁨
무엇보다 生氣 가득 참
가득 차 있는 게 천한 것
미달을 대신해주느니

캐주얼

칠십인데 청바지 입고 다니니?
"그렇다."
정치판은 요즘 물 타기 작전
그 물이 그 물 아닌가?
먹고 먹히고
늪 속에 사는 악어가
강 건너는 덩치 큰 누를
삼키는 세렝게티 초원
노을은 멀쩡한데
칠십 청바지는 건달에게나 어울려
건달도 상품, 하품 나름
몸이 쪼개지면서 스며 있던 향기를
무슨 물감을 남겨야 되거든
"당신은 하품인가?"
"그렇다."
하루아침 목 달아난
방송국 지인 퇴임 위로 겸
오늘 양평 고깃집에 갈 거다
너도 홀가분하지
"아무렴."

세상을 모를수록 처세도 버려야
인간의 오장육부
거덜 난 정장은 불편한 법
텍사스 촌놈들이 부시 취임 만찬
소몰이 부츠 차림으로 왔더라고
西部 캐주얼?
고깃집 갈 때
이씨조선 막가던 춘향 어멈
월매 데리고 갈까
양평 늦봄
춤 속에서 봄은 죽이지만
무식한 게 봄햇살 아닌가

철근꽃

스페인 빌바오 마을
강둑에 철근으로 만든
지금 막 티타늄 꽃이 활짝 핀
曲線 건물이 서 있다
구겐하임미술관은
밤하늘 별 하나가 떨어지면서
제 몸 수치심을
손바닥으로 가리고 있었는데

얼룩

크리스마스 카드 구석에
쬐그맣게 적은 이름처럼

빵떡 같은 별이
떠 있는 銀河水 넘어
가고 있는
눈 가린 조랑말처럼

조랑말 목의 방울 소리

지나가듯
눈이 내린다
지나가는 향기같이
시선같이
끝장난 얼룩같이

깡

여봐라
세상이 천심이거늘
깡 하나로 되겠는가
되는 것도 있겠지만
비웃음이 모여 검은 구름
만들면 비 뿌리지 않겠는가
살에 옹이가 박혔는데
분홍이 덧난 살에
허여멀건 진분홍 남겠는가
이쁜 손톱이
깡 하나로 다 망가졌지 않은가
나라가 되는 것도 있겠지만
찬바람 든 빗방울이
우박이 되어서야 되겠는가
되겠는가, 이 비웃음이 모이면
참을 수 없는 허기가
무슨 덩어리로 폭발할지 알겠는가
여봐라, 깡은 먹을 수도
뱉을 수도 없지마는

無心

새들이 떠나고
꽃이 진다
花無十日紅
옛 선비가 그림 속에서
수염을 쓰다듬다
柳花 가는 허리가 걸려 있는
남창에 바람이 하늘을 가린다
손바닥으로 하늘을 가려본들

장구 치는 여자

때려야 소리가 나는
장구는 얻어맞을 수밖에 없다
(신문에서 따지듯)
잘잘못 가려
목소리 높이는 언론도 있는 법
장구채가 때리는 소리와
다를 법 하지만
얻어맞기는 매 한가지
장구 치는 여자가
몹시 장구를 다루듯
그 주변 인물들의 후안무치도
세상을 읽지 못하는 게
다를 게 없다는
생각이 고개를 든다

風景人

1

모든 것은
끝에 이른다
제 몸이 남색끝동으로
거기 있다
남을 해코지 않았으며
제 몫을 평생 가꾸었다
여기까지 와서 보니
裝飾이었다
조그맣게 헐겁게 지나쳤던
線들이 이 끝에
묻어 있다
뒷짐 지고 황혼에
남색끝동
하나가

2

장판지는
七旬이 누워 있는
방의 가죽
균열이 생기더니 갈라진다
(폭 넓은 테이프도 미봉책)
마음의 가죽은
갈라진 대로 있다
오디오 바늘이 마모되어도
브람스를 내보낸다
장판지 위에 40대
연한 피부를 열고
물 주고 닫는다
황혼색이 마모되면서
눈부신 저녁빛을 뜯어내듯

3

혜화동 골목 일터
극장에 드나드는 건 공부였다
공부라니? 예습 복습
춤 처녀들이 와서
안짱다리를 데불고 나간다
멀리는 못 가지, 허기지기 전에
걷다가 네거리에서 쉬었다
가면서 찌든 것들
떼어버린다

잘 추는 진도북춤도 있고
허리 아래 쏙 빠진
지영이 다리도 있다
다리(물리지 않는 공부)
처녀들이 와서 공부를
어깨에 메고 네거리를 건너간다
이끼 낀 눈에
없어지다 생기는

그 길을……

4

여기까지 와서 보니
장치는(生을 아름답게)
소금이었다
소금 간에 물 타는
날파리들을 외면하면서
세상을 읽는 나이에 이르면
그런 잡종들도 때처럼 섞이기 마련
풍경은 어차피
소금과 적과의 동침이니

5

모자를 쓰는 나이
(아무 말 없이)

지팡이를 거느리는 나이
아무 말 없어도
이미 세상을 읽는 나이
모질게 사랑했던(남들 눈에 안 띄게)
세상의 끝을(아무 말 없이 붙잡고 있는 저 帽子!)

6

풍경인은
하늘을 건져올리는 건달
오르는 대신 내리막길을 가던 七旬驛
머리 위에 신발을 이고
삼라만상, 만상은 그만두고
삼라, 그것 안고
有我(있느니, 그래 여기 '있다' 없는 것보다 나으리)
가늘게 숨 쉬며
숨었다 드러났다 이 허기를
다 못 채우고 罰서리오
저 허허벌판에

세상은 어슬렁거려야

세상은 어슬렁거려야
미움도 적도 없이 어슬렁거려야
군대에서 기합받듯
모두가 명령뿐이니
명령에 복종하라고
어슬렁거릴 틈도 꽉 막혀버렸으니
답답하다 가슴을 열면
청풍이라도 지나가렴
강원도 마파람 같은 것
사람들은 말 줄이고
무언으로 동의할 뿐
제 속을 감추고
마음 비운 지 오래
미움도 적도 없는
세상은 어슬렁거려야

제2부

뒷모습

1

앞모습은 말을 하지만
뒷모습은 말이 없다
인간은 나이 들어
한 장의 뒷모습을 두고 간다

그게 무슨 의미인지
다 지나간 뒤에
남아 있는……

2

이 시대의
디아길레프(춤 흥행사)
뒷모습이 고적해 보인다
백수광부가
급물살을(요염하기도 하지)
낭떠러지로 데려간다

옷이 거추장스럽겠지(벗은 모습)
밤은 낮의 뒷모습
낭떠러지에서
백수를 안고
급물살 속으로

소용돌이
문득

3

월척을 건져
바다에 되놓아주던
노인의 뒷모습은 아름답다
건진 고기를
회 쳐 먹다가
내다버리는 악성종양도 있다
누구나 뒷모습을 완성하기는 어렵다

4

긴 치마 입고
아이 안은 母情
칠판에 분필로 글 쓰던 소녀 뒷모습
(허리 뒤에 묶인 레이스천)
우체통처럼 거리에 내다버린 떠돌이
안나 비니 이태리 식당 포도 넝쿨 담장 밑에
단장을 세워놓고 지나쳤던
驛을 향해 가는 봉두난발

5

「주마등」에서
비 내리는 下往十里
장판지 구들 위에 미녀가
가도 가도 왕십리 흐린 불빛을
둘둘 말아 홑이불도 젖어
저를 구겨넣던가

저를 토하던 사십줄 뒷모습
몸, 저 몸!

6

뒷모습은 말이 없다
인간은 거기 있었고
지금 없느니
(물음표)

평생은 짧으오
무슨 보석 같은 거
다 주고 가버려요, 찾지 말아요

퇴물들

세상에는
여러 퇴물들이 산다
칠순에 도착한 퇴물을
가지 쳐버린 늙은 퇴물도 있듯
떵떵거리며 살든
죽 쑤며 살든 모두 똑같은 거야
모두 똑같은 거야
(피고 지고 피고 지고 연극 대사)
모두 똑같은 거야

잡초가 우거진 오솔길을 지나서

그들은 어떻게 만났던가
영혼이 몸 밖으로 빠져나가면서
웅덩이를 만드는
잡초만 우거진
위로의 때늦음
눈발이 날리던가
몸 밖으로 빠져나간
영혼들이 만나던가
인적 끊긴 오솔길
때늦음, 세상의 헛것들
옷 입혀도 때늦게
찾아온 사랑
입 다물어 버리던가
어깨에 목 얹어 놓고
짐 덜어주듯
희끗희끗 날리는 눈발

염화미소

꼿이요(꽃이요…)
이화중선이 말하기를
허리 가파롭다
장구채 든 허리가
솜눈 토해
멀리, 멀리 가지 말아요
끗이오(끝이오…)
진도산재비 팔십
무형문화재에게 타이르기를
허리 위 아래 꼿이요
꺽지 마요 두고 두고 봐요
눈 아프도록
멀리, 멀리는 가지 마요

불타는 마즈르카

피나 바우쉬
65세, 독일 할머니(안무가)

할머니 춤과 만나다
「빅토르」——인간이 묻힐 구덩이를 인부가 파고 또 판다 네 트럭분 흙이 무대에 가득하다
「1980년 피나의 모든 것」——풀밭 위 스프링클러가 작동하고 노루 한 마리 보임, 개목걸이로 귀부인 목을 감은 건달이 개처럼 질질 끌고 감
「카네이션」——꽃밭이다 정찰견 셰퍼드가 어슬렁거림
「단손」——어항에 인간 물고기들이 유영한다 물고기들, 물보라가 무대 바닥에서 객석까지
「유리창 닦기」——붉은 꽃덤불에서 긴 나무젓가락으로 뱀을 건져(홍콩 주민들 식성대로 요리하기) 좁은 골목 꽉꽉 넘치는 자전거, 부채옷 꾸냥을 호식가가 시식하는 긴 젓가락, 데르 펜스터 부쳐……
「마즈르카 포고」——해안가 바다사자 한 마리(기어간다)
"너 좀 살 만하니?"
"이 무기력, 포장된 평화, 요식행위 덫을 견딜 만하

니?"

리스본 항구, 모자 쓴 선원들
땡땡이 치마를 훌러덩 벗기는 바람
산더미 같은 파도가 인생잡사를
(저간의 어둠을 햇빛이 잡아먹도록)
춤, 내버려두어라!
노래하는 몸들(땡땡이 치마 속 드러난 음부) 마즈르카,
내버려두어라 지금 불타는,

夜想曲

젖빛 안개
집게손가락으로 건지는 물방울
몽정으로 젖은 추운 나뭇잎새들
네 가느다란 팔
경사의 입맞춤
팔과 늑골 사이
오디빛 乳頭

물갈이

한 물줄기 따라 부화뇌동
고사작전이 졸렬하다
「예순한번째 가을」 老妓 대본을 쓰면서
몇 년 전
지난 回甲驛
너희들보다 초라하지 않다
어떤 말종은
지는 해로 비유했다만
모네 정원 연못
수련처럼 피어 있거라!
물갈이 장난은 그만두거라

정처

무릎 꿇지 않겠다는 게
요즘 기류 같다
무릎 꿇지 않는 것은
소신이다 수세미는 되지 않겠다
호박이 되겠다 호박 넝쿨에
칼 대면 그만두겠다가
무릎의 이유였다
기침 소리에도 놀라는
좀생이들도 많다
살다 보면 외면해버려야 하는 잡종들
인간 이하도 수두룩하다
정처라는 말이
왜 생겼겠는가
오지명 영화 제목이
'까불지 마'라고?
삼류가 일류 되지 않듯(절대로!)
꽃 진 자리에 호박이
매달려 있듯 정처 옆에……

패러디풍으로

1

젊은이에게
노인이 우산을 받쳐주고 있는
모습이 보기 민망하다
수신제가에는 없어 역겹다
노인이 받쳐준 우산을
의당 사양했어야 했다
그 사양이 얼마나
아름다운 걸 모르니

2

춤 프로그램 첫 장
장관이 쓴 글을 읽는다
(읽기는 뭘……)
활짝 웃고 있는
재독 학자인지 뭔지는
궤변이 먹히듯 머리숱이 새까맣다

웃거나 말거나
(읽기는 뭘……)
궤변 늘어놓거나 말거나
코드 껴안거나 말거나

3

곤경에 처한 상사의 돌출발언에
'운명을 같이 할 것' 대답했다
튀는 것도 아부할 수밖에 없었겠지만

4

한 칠십 년 세상 걷다 보니
한 수 아래도 있고
한 수 위도 있다
한 수 아래가
(그만두자!) 저 한 수 아래가……

5

끼리끼리 세상 행진
가을도 아닌데 오매! 단풍 드네
벌레 먹은 잎사귀들
루주 칠해봤자 저 살벌한
주먹 쥐어봤자!

6

고래 심줄만 보이는
죽어도 같이 살고
살아도 같이 죽자!
세상의 창문이 모두 닫힌
아니, 용서할 수 없는

찍새

—최영모 형에게

사진을 찍는다
그래서 찍새(우스개 말이지만)
무용가 몸을
인화지 위에 다시
태어나게 하는
찍새는 춤과 연애했다
연애 감정 없이
영점 1초 피사체는
살아남지 않는다
온 몸 말초신경
영감으로 사는 찍새

사물을 건너다보는
늙은 풍경인 옆에
몸의 샘을 어루만지는 同行者
너에게 물든 만큼
내 이마 주름 골도 깊어간다마는

늦저녁

발뒤꿈치를 세우고
아내는 창밖에
헤살지는 물살을 내려다본다
기다리는 사람은 늦저녁
기다리다 목이 빠진 한 사람을
풀무늬 저녁 가운에 싼다
한 손으로 유방을 받쳐 들고

다 버렸으니

무용책 뒤표지에
七拾이고
六甲이라고 적는다
산발한 머리
듬성듬성 휘날린다
갈 데가 없어
흘러 흘러서
여기까지 와 있는
화상이 訥人인데
아무도 쳐다보지 않았다
六甲이라는 말은
혼자 중얼거려도
좋다
가지고 갈 짐도 많지 않고
(다 버렸으니)
처자 새끼들도 없다
잔디 머리 허공에 도망간다
빈 그릇 하나 아주 비어도 괜찮으니

늘그막에

새 옷을 입혀도
헌 옷 같은 몸이 있다
내 몸 치수에 맞는 몸이여
(얼마나 이쁘냐, 이쁘고 뜨거우냐)
내게 와서 子時에
이리 문득 피었다 지는……

제3부

신작로

아무것도 그려져 있지 않은
신작로에
고무신이 지나간다
우마차 언덕을 넘는다
보자기에 싼 교과서 들고
魚孝善 천천히 걷는다
아무것도 그릴 게 없지만
그림들이 나타나고 없어진다
누상동에 이발소가 있었던가
신작로 넘으면 좁은 골목길
입구 경사진 땅
나무대문 옆에
노천명 문패가 붙어 있었다
바람이 발 달린 듯
미친 듯 지나갔다
아무것도 없었다
그 길을 지나다녔다
신작로에 주저앉은
무당이 태어나기 전이었다
다 모여 있다고

신작로는 말하지 않는다
70년 전에도 그 길
포장처럼 펄럭이던
억수 같이 비가 내리던
만주 어디로 아가위꽃과
함께 여자들이 팔려가던
인왕산 달이 비포장길에 내려와 뒹굴던
꿈이 生時를 잡아먹고
포목점집 손자가
지금도 그 길을 가고 있을 때

處容斷章 표지

—춤추는 물고기들하고 사는 니
끼니 거르지 말래이
시집 표지
상단에 걸린 웃는 탈이
징 닮았거니와
끈이 내리와
아래로 처진 귀 같으니

헤르만 헤세 박물관

챙 넓은 잠자리 모자, 구부정한 어깨, 들판을 헤매던 아버지가 맨발로 밟도록 金盞花를 심어놓았다 무테안경 속 세상이 유리알처럼 환하다 저혈압을 앓고 있는 아들이 짓는 제주도 서귀포 헤르만 헤세 박물관 외양이 모자 벗고 인사하는 사람 모습 같은데

눈썹 鉛筆로 기다랗게

네 이마 아래
봄날에
졸리운 듯
汽車가 멈췄다가 지나가는
정거장이 두 개 있고

소금 한줌

여기까지 왔더니
손에 잡히는 건
소금 한줌

이 짠맛을
미지근한 물로 헹구고
언 듯 꺾이는 칠십
손에 잡히는 소금 한줌

장구 소리

이 꽃이
문득 피었는가
사십에 장구 모서리에 지던가
사십은 눈 오는 나이
한숨이 달던가, 찝질하던가
머리카락 서너 올 흘러
눈썹 아래가 캄캄하던가
두 팔로 가슴
거머줘도 막무가내 소용없던가

太平舞

옛 세월, 옛 시간
춤 속의 그 여자가
아주 가뜬히 저를 든다
옛것을 버리면 죄받는다
버선발로 저를 드는 여자를
마시고 싶은 늙은 건달이
제가 무거워 그만 손을 거둘 때

黑雨

—김대환에게

일흔 살 넘어
손등 보이는 가죽 장갑 끼고
열 손가락으로 북 치던 장인
「개, 꿈, 그리고 菊花」 춤 무대
국화꽃 롱드레스 입고 나온
딸을 대견해하던 아비
쌀 한 톨에
반야심경 이백칠십팔 자 刻하던
낡은 중절모 검은 뿔테안경 잡숩고
집채만한 날쌘돌이
할리 데이비슨 오토바이
타고 질주하던 광인
이 사람아, 기죽지 마……
팔뚝 알통을 까 보이며
웃던 이 시대의 협객
스스로 黑雨(검은 비)였고
도올이 마에스트로라고 불렀던
낭인 김대환이 죽었다고?
거짓말, 형님 살아 계신 줄 알고 있소만

암스테르담 모차르트

운하

집들이 運河 아래 떠 있다
풍차가 돌고 튤립이 핀다
오리도 떠 있다
어미 뒤를 새끼들이 따라간다
音譜처럼
가도 가도 이어지는 둑길
개도 가고 자전거 바퀴살 눈부시다
극장에 온
정장한 바이킹들 앞에서
디딤무용단이 대북을 때린다
오리 등에 탄 늙은이가
아이처럼 水路 위를 흘러가는데

늪

인간을 용서하려고 여기까지 흘러왔다
늪지대가 많은 이곳

「마농」2人舞에서
서로 살을 물어뜯던
탐닉이 무엇인지 알 것 같다
개보다 못한 인간의 立身을 탓해 무엇하랴
삶을 저장할 줄 모르는
쓰레기들이 판치는,

스위스

에릭 사티 曲은
지나가는 음악이 아닌가?
모자라는 듯한 예리함을
조금 보여주고
길 떠나는
붙잡아도 소용없는
가다가 뒤돌아보는……

늦추위

요즘
이것도 저것도
여기저기도 그렇고
가만히 있는 작자
간 빼먹는 놈도 나오고
들어가고 나오다 멈칫 늦추위
저것도 별거 아니고
세상 풍파 이 무슨 罰이냐?
벌 줄 놈 따로 있거니
자라야, 행방이 묘연하니
용궁으로 납신 거냐
지겨우면 참아라
참아라 참아라!
칠성님 하시는 말씀
북두칠성 되어가랴
남두칠성 되어가랴
서두칠성 참다 참다가
동두칠성 게 어디냐?

조용하다

어느 날
춤 잡지에서
내 이름이 사라졌다
팔십 老人도 그대로 있고
주위 글쟁이들도 그대로 있다
날아간 건 개떡뿐이다
(오백 원어치 천 원어치 원고지 한 장에)
글 팔던 깨진 이마에
반창고 붙였다
세상은 아무 일 없었다
조용하다

꿈

담요 한 장이 지붕에 누워 있다
비스듬히 걸친 담요 속에
초승달이 떠 있다
집 안은 怪怪하다
廢家는 아닌 것이
그 안에서 누가
엎드려 꿈꾼다
이불을 덮고
바람에 커튼이 날리고
장롱 위에 사발시계(새벽 3시)
엄마 아빠 사진
壁에 걸린 낡은 바이올린
엎드려 꾸는 꿈은
벗은 어깨를 그믐날
말아올린다 수세미같이

진주 妖花舞

妖花는 태어나지 않는다
까무러칠 뿐
진주 권번 기생들 모두 다
까무러치지는 않는다
어둑한 저녁 무지개이듯
스물네 시간 까무러치는
저 살 보아라!

제4부

작은 것

여기까지 오면서
힘겹게 견디었다

님프가 사는 水蓮의 바다
님프는 작다
이름도 없다
님프는 한줄기 가여운
황홀한 빛

님프는
이름도 없다
수련의 바다 빛 한줄기

미뉴에트

자작나무 숲에
한 노인이 살고 있다
뱃속에 눈도 안 뜬 아이에게
미뉴에트를 들려주던
미인 엄마 자궁 밖으로
아이가 내다본다
성탄절 나무십자가를 보려고

초콜릿

마을에 초콜릿 가게 환하다
뱃사람 눈과
엄마 눈이 마주치자 떨린다
꺼지지 않고 서로 잡아당긴다
사탕 녹말을 주걱으로 저어
엿같이 끈끈한 꽃을 만들 듯
엄마 유방 위에 놓인
세상의 손때 묻은 두껍고 거친 손

에스파냐 다리굿

붉은 속치마 주름 속
위 아래에서 보챈다
성난 발가락까지
소름 돋은
몸이

괜히 왔다 간다

더러운 것들 많은 세상에
重光은 걸레처럼 살다 갔다
미친 듯 반성하듯 붓 한 자루로
인사동 선천집
토란국에 빠졌다가 기어나온
동갑내기 떠돌이 파계승은

멀리 사라지는 물방울들

남색 치마들이 파도무늬를 이룬다 사라지고 맴도는 물방울들 속에 적요가 안개강을, 맨어깨 드러낸 散調 산책 맵시이자 치장인데 화려하지 않게 아주 소박하게 저 눈부신 살점들이

화장실

타일 떨어진 자리에
눈썹 연필로 그린 피아노
(라벨은 향수병을 수집했지)
욕조에 긴 눈썹 하나 누워 있다
누가 떨구고 갔을까
모자 쓰고 옷 입은 채
눈썹 곁에 누워 있었는데

웃긴다

무릎 꿇고
도열한
말 잘 듣는 종마들을 보면 웃긴다

장판지를 인두로 다려 펴서
세력을 불려 나가듯

쓰레기에 감투 하나 앵긴들

반성이 반성을 반성하지 않는
돋은 뿔이 시야를 가리듯
엄지손가락을 아래로 눌러
종마들이 명을 받을 때까지
발 아래 엎드려 살기등등하다

웃긴다

素描集

춤

몸이라는 것은
그렇다
일심동체로 피어난다
아무것도 남기지 못하고 가는
인간도 많다
피어나는 것은
일이여, 그게 몸 아닌가?

몬태나 풍경

말 조련사들이 서넛
초라한 카페에 들어선다
피아노 음으로 빗방울을 칠했던
이곳 출신 조지 윈스턴도
구석에 앉아 있다
작은 빗방울이
인디언꽃 위에 떨어지네

별

나란히 누우면
(팔을 감고 얼굴을 겹친 채)
둥그스름하다 가슴 아래
내 머리가 따로 논다
검은 보자기 속에 별들을 늘어놓고

꽃 피는 몸 안에

나는 가벼워서
너의 히프, 거들 입은
둥근 탄력 속에 숨고 싶어
꽃 피는 몸 안에 방부제처럼

나무도장

蘭丁 魚孝善 선생님은
초등학교 은사
새겨주신 나무도장
인주 묻혀 찍을 때마다
절하고 싶다
세월의 땟국을
마시며 살았어요
절 받으셔야 할 참스승도
이제 몇 분 안 남으셨으니

리옹驛에서

밀라노에서 프랑스 리옹驛까지 밤 기차를 타고 오는 동안 金春洙 시집『서서 잠자는 숲』보라색 장정이 낯설다 저번 시집에 笑納이라고 친필로 써주셨는데 癸酉 四月 大餘 한자 획이 정갈하다 공업도시 리옹은 다리 아래 배들이 멈춰 있다 1834년 보들레르가 여기서 편지를 썼을 때 茶紅色 꽃들이 한데서 떨고 있었다 리옹 오페라 발레단의「닫혀진 정원」은 6人舞, 말뚝 박힌 흙 위에서 남자가 마을 처녀에게 구혼한다 두 연인들만 남겨놓고 텅 빈 무대에 저녁 구름이 금방 내려앉을 듯

멍청한 레옹

나뭇잎이
제 무게를 못 이겨 떨어집니다
아직 쨍쨍한 30대 심줄
아직 팽팽한 40대 용광로
아직 탄력이 남은 50대 식탁
춤이 세상의 무게를
저 혼자 지탱하듯 나무관세음
레옹이란 살인청부업자가
화분 들고 거리를 질주하는데

눈 오는 양말

소금쟁이들은
물가에서
바람은 西쪽에서 마파람을
칠하다 지우곤 한다
하늘이 고요해지면
눈이 내린다
슬픔이 조금 비어 있을 때도
그 언저리에 눈이 내린다
양말에도 눈이 내린다
촛불을 켜고 童話처럼
그들은 살다 간다
말없이 아끼고
그냥 말 없이

과꽃

과꽃이 무슨
기억처럼 피어 있지
누구나 기억처럼 세상에
왔다가 가지
조금 울다 가버리지
옛날같이 언제나 옛날에는
빈 하늘 한 장이 높이 걸려 있었지

길이 만나는 곳

앞머리 짧게 친
화등잔만한 눈
망사옷 속
가슴을 숨기지 못한
너무 시퍼런
길이 만나는 곳
너무 시퍼래서
어디 두어야 할지 모르는
저 스무 살!

작은 연못

비어 있는 팔
붙들고 놓지 않는
두 다리
수증기처럼 올라가는 시선
둘이서 부둥켜안은
외침과 속삭임

夢

—김영희 무트댄스

이 밤은
검은 미사였듯
다 드러났다
얼비치는 頭巾 안의 속눈썹들까지
으스러질 것같이 吐해낸
밤 미사 겹겹의 저 검은 비단들!

해설

사랑의 그늘

김인환

우리들의 마케팅 사회에서 자기 망각은 이제 일반적인 현상이 되었다. 시대의 주형에 짜 맞춘 자아의 시선은 항상 바깥을 향하고 있다. 사람들은 다른 이들의 시간을 살고 있으며 자기 자신은 빠져 있는, 수많은 다른 시간들의 다발에 묶여 있다. 그들은 무엇을 먹고 무엇을 입을까만 생각한다. 그들의 관심거리는 승진의 조건과 증권의 시세뿐이다. 김영태의 시는 모두 자기가 자기에게 건네는 자기와의 대화라는 점에서 시대의 흐름에 역행한다고 할 수 있다. 김영태는 자기 안의 가장 깊은 곳에 있는 아픔과 기쁨, 그리움과 아쉬움을 자기 자신에게 드러내 보여준다. 그의 시들은 하나같이 자기의 눈 앞에 전시되는 자기의 이미지들이다. 김영태는 시는 말로 된 그림이라는 오래된 시론을 현대적으로 실천하는 시인이다.

그는 살기 어려운 삶을 견뎌내며 춤과 그림 그리고 무엇보다 시를 통하여 살아갈 용기를 확인한다. 사라진 모든 사랑은 영혼의 시련이 되지만 예술에 대한 열정 하나로 그는 언제나 새롭게 출발한다. 김영태는 늙을수록 젊어지는 시인이다. 그의 가난과 고독은 내면적 풍요의 자리가 된다. 그의 고독한 꿈은 내밀한 존재의 중핵에서 아름다움을 창조한다. 그의 시는 몽상적이지만 누구도 모방할 수 없는 어떤 강인함을 지니고 있다. 이 강인함이 개인적인 이미지를 고독한 영혼들 모두의 이미지로 승화시킨다. 그의 시를 읽으면서 우리는 겉으로는 파악할 수 없는 내밀한 삶이 얼마나 경이로운 이미지들로 가득 차 있는가를 알게 된다. 김영태는 내밀한 삶의 자리를 음지라고 부른다. 「정적」에서 그는 "제 이름을 지키기 위해/양지로 나가는 것도 좋지만/음지에 남는 것도 괜찮다"고 말한다.

> 음지식물은
> 더 고개 숙여
> 정적을 배운다
> 참으로 정적은 수다스럽지 않으니
> 고개 숙인 만큼 제 값도 있는 법이니

시의 이 부분에는 식물과 동물, 정적과 소란, 숙임과 쳐듦의 대조가 들어 있다. 양지에서 비켜서는 체념과 포기, 이 무력한 단념이 다른 길을 선택한 자의 용기를 보여준다. 그것은 창조를 위하여 인간과 사물을 지배하는 주인들에 대항하여 싸울 수 있는 용기이다. 시민과 시인은 같은 질료를 가지고 있으나 질료에 형식을 부여하는 방법이 다

르다. 시인만이 질료에 활력을 부여할 수 있다. 음지는 아련히 먼 것들을 가까운 곳으로 불러내어 눈앞에서 살아 움직이게 한다. 무엇이 동력이 되어 그렇게 되었는지는 알 수 없으나 김영태에게 아우라를 환기하는 것은 동물보다는 식물이고 사건보다는 풍경이다. 김영태가 자주 하는 외국 나들이는 무용제와 음악회에 참가하기 위한 것 이외에 이국의 풍경을 보기 위한 것이기도 하다. 「암스테르담 모차르트」에서 둑길은 음보가 되고 늙은이는 아이가 되는데 이러한 이미지를 한국에서 얻기는 어려운 일일 것이다. 그 경험이 특별해서는 아니지만 한국에서는 특별한 경험도 익숙한 것이 되어버리기 때문이다. 나그네의 눈으로 세상을 보는 것은 시 쓰기의 첫걸음이 된다.

> 音譜처럼
> 가도 가도 이어지는 둑길
> 개도 가고 자전거 바퀴살 눈부시다
> 극장에 온
> 정장한 바이킹들 앞에서
> 디딤무용단이 대북을 때린다
> 오리 등에 탄 늙은이가
> 아이처럼 水路 위를 흘러가는데

이미지는 생각을 표현하는 수단이 아니다. 의미에 종속된 언어나 교훈을 목적으로 하는 이야기는 이미지를 만들지 못한다. 이미지의 가치는 일상 언어의 의무에서 벗어난 곳에서 실현된다.

스페인 빌바오 마을
강둑에 철근으로 만든
지금 막 티타늄 꽃이 활짝 핀
曲線 건물이 서 있다
구겐하임미술관은
밤하늘 별 하나가 떨어지면서
제 몸 수치심을
손바닥으로 가리고 있었는데

그의 시에서 인간은 풍경의 중심이 아니라 주변에 풍경의 한 부분으로 존재하고 물건들은 풍경의 주변이 아니라 풍경의 중심에 존재한다. 「철근꽃」이란 위의 시에서 철과 꽃과 별은 서로 통하여 작용한다. 꽃이 사람의 눈길을 피하듯 건물은 부끄러워하며 별의 시선을 피한다. 「옛날 현대문학사」에서는 "오빠 무덤 곁을 안 떠나는/일흔 살의 정적도 이쁘다"고 하며, 「미지」에서는 "미지는 팔도 종아리도 가슴도/아직 未知이듯 이쁘고 춥다"고 한다. 나이의 차이를 떠나서 사람은 절정의 순간에 풍경이 될 수 있다. 김영태가 보기에 파도처럼 설칠 때가 아니라 풍경처럼 침묵할 때 인간의 유일하고 독특한 아우라가 살아난다. 그는 풍경 중에도 눈 오는 풍경을 가장 좋아한다. 미지라는 소녀처럼 예쁘고 춥기 때문이다. 「눈 오는 양말」에는 김영태가 바라는 세상의 모습이 그려져 있다.

하늘이 고요해지면

눈이 내린다
슬픔이 조금 비어 있을 때도
그 언저리에 눈이 내린다
양말에도 눈이 내린다
촛불을 켜고 童話처럼
그들은 살다 간다
말없이 아끼고
그냥 말 없이

이 시에는 마을의 과거나 미래가 기록되어 있지 않다. 풍경에는 과거나 미래가 없다. 꿈의 이미지들은 시간을 모른다. 하늘도 고요하고 들끓던 슬픔도 잔잔해진다. 이것은 축복의 순간이다. 과거와 미래를 잊고 오직 이 축복의 순간 속에서 마을 사람들은 그냥 말 없이 서로 염려하고 보살피며 살 뿐이다. 눈은 하늘과 마을 사람들을 연결해주는 축복의 통로이다. 이 우주적 드라마는 말이 없고 따뜻하고 부드럽다는 점에서 모성적이다. 「누군가 다녀갔듯이」에서 김영태는 삶과 죽음의 무거운 변증법을 가벼운 풍경으로 바꾸어 놓는다.

하염없이 내리는
첫눈
이어지는 이승에
누군가 다녀갔듯이
비스듬히 고개 떨군

여기서 죽음은 따뜻하게 해주고 환하게 해주는 눈처럼 풍경의 일부가 된다. 은밀하게 소리 없이 내리는 눈의 다정함이 죽음의 중력에서 우리를 해방시켜 준다. 삶은 다녀가고 다녀가는 무수한 만남과 헤어짐으로 구성되어 있다. 죽음도 우리 안에서 번갈아가며 쉬다가 다시 태어나는 리듬의 일부이다. "비스듬히 고개 떨군" 무력한 영혼의 내면에는 죽음을 초월하는 우주적 리듬이 흐르고 있다. 절제가 풍요로 전환되는 데 이 시의 매력이 있고 인간의 신비가 있다. 우리는 김영태의 시를 읽으면서 자문해보아야 한다. 영혼은 얼마만큼 깊은 곳에서 출발하여 얼마만큼 높은 곳에 다다를 수 있는 것인가? 눈이 하늘과 사람의 통로이듯이 눈물은 사람과 사람의 통로이다. 김영태는 사람의 눈물을 하늘의 진눈깨비에 비유한다. 우리 모두는 사랑하는 사람을 향하여 흐르는 강물이다. 「팔」에서 김영태는 사랑 이외에 사람에게 무슨 다른 삶의 동력이 있을 수 있겠느냐고 묻는다. 이것은 우리에게 하는 질문이면서 그 자신에게 하는 확인이다.

내 팔은
이 세상에서 너 하나뿐이듯
어디론가 흐르고 있다
흐르다 보니 네 옆구리
안에 묻혀 있다
진눈깨비인가 어딘가

사랑의 빛 속에서 풍경은 존재의 강렬함을 현시한다. 너

와 나는 풍경의 일부로 존재하지만 너는 나에게 존재 자체, 세상의 모든 것이다. 사랑의 순수한 강렬함이 동력이 되어 너를 항상 새롭게 태어나게 하고 나의 존재의 목적이 되게 한다. 인간은 존재의 동력과 목적을 확인할 수 있을 때에만 세상에 대한 믿음을 보존할 수 있을 것이다. 너만 있으면 풍경은 어디라도 무방하다. 「얼룩」에서 눈은 향기가 되고 시선이 된다. 눈길은 원래 욕망의 통로이다. 눈길은 죽은 사물을 산 풍경으로 바꾸어 놓는다.

> 지나가듯
> 눈이 내린다
> 지나가는 향기같이
> 시선같이
> 끝장난 얼룩같이

항구적인 것에 집착하면 일시적인 것들이 소멸한다. 일시적인 것들에 집착하는 것이 오히려 일시적인 것을 항구적인 것으로 만들 수 있는 소멸의 미학이다. 향기는 애욕처럼 일시적이다. 향기는 있는 듯, 없는 듯 존재한다. 그것은 존재와 무의 사이에 있는 무의 존재이다. 향기만이 아니라 인간도 존재와 무의 사이에 있으므로, 인간도 향기처럼 비밀스러운 온기를 간직하고 소멸하는 순간들을 불멸하는 것들로 변형해야 한다. 눈과 향기와 얼룩이 만드는 은유는 예사롭지 않다. 여기서 우리는 여자의 향기와 여자의 몸이 동시에 눈처럼 소멸하는 이미지와 무의 존재로서 불멸하는 이미지로 나타나는 이중의 은유에 주목해야 할 것이다. 풍경 가운데서는 기억도 생생하게 현존하는 현재이다. 「과꽃」의 빈 하늘은 존재하는 무의 배경에 펼쳐져 있다.

> 과꽃이 무슨
> 기억처럼 피어 있지
> 누구나 기억처럼 세상에
> 왔다가 가지
> 조금 울다 가버리지
> 옛날같이 언제나 옛날에는
> 빈 하늘 한 장이 높이 걸려 있었지

꿈꾸는 영혼은 과거를 현재의 질료로 삼는다. 사람들은 누구나 무언가 만들 것을 가지고 있다. 옛날이 과꽃의 가늘고 긴 하양 · 분홍 · 보라색 꽃잎들에 걸린다. 초가을의 빈 하늘이 슬픈 기억들을 덮어준다. 꿈의 차원을 비워놓지 않으면 기억은 병이 된다. 우리는 자신을 풍경의 편안한 일부로 만들기 위하여 인간적으로 진실해야 한다. 참되게 살지 않으면 물건을 바르게 보지 못한다(不誠無物: 『中庸』). 이 시에서 기억은 과꽃처럼 작고 가벼운 것으로 나타나며 초가을의 빈 하늘도 무슨 무대의 배경처럼 묘사되어 있다. 빈 하늘 한 장은 오래전에 이백이 사용한 비유인데(青天一張紙), 이 시에서는 그것이 과장이나 축소의 의미 없이 사용되고 있다. 흔히 몸체가 있고 그것에 꾸밈이 더해진다고 생각하지만 김영태는 장식만으로 구성된 삶을 그려내어 보여준다. 「멀리 사라지는 물방울들」에서 그는 꾸밈과 몸체의 차이를 없애고 그것들을 평등하게 보려고 한다.

남색 치마들이 파도무늬를 이룬다 사라지고 맴도는 물방울들 속에 적요가 안개강을, 맨어깨 드러낸 散調 산책 맵시이자 치장인데 화려하지 않게 아주 소박하게 저 눈부신 살점들이

무늬와 맵시와 치장은 화려하지 않고 산책처럼, 산조처럼 지극히 자연스럽다. 흐르는 강을 따라 멀리 사라지는 물방울들은 치장의 즐거움을 드러내면서 동시에 꾸밈없는 꾸밈, 비의지의 치장을 말해준다. 야단스럽지 않은 치장에는 어떤 정적이 깃들여 있다. 맨어깨의 눈부신 살점들도 몸체의 일부라기에는 물방울과 안개가 너무 크게 다루어져 있다. 살과 어깨도 꾸밈의 일부이다. 김영태의 시는 현실과 이미지의 관계를 전도시킨다. 현실이 있고 그것에서 이미지가 나오는 것이 아니라 이미지가 있고 그것에서 현실이 나온다. 아니, 이미지가 현실과 맺는 관계가 단절되어 현실은 없고 이미지는 있다. 「風景人」이란 시는 김영태의 자기 인식을 여러 측면에서 알려준다.

남을 해코지 않았으며
제 몫을 평생 가꾸었다
여기까지 와서 보니
裝飾이었다
조그맣게 헐겁게 지나쳤던
線들이 이 끝에
묻어 있다

이 시에 배어 있는 것은 짙은 무력감이다. 그러나 우리는 무력감을 지배하는 고요함의 의식을 보아야 한다. 무력감이 능동적인 빛의 순간으로 변화하기 때문이다. 장식은 무용함에 머물고 유용함으로 넘어가지 않는다. 화려한 색도 아니고 육중한 형도 아니고 희미한 선들이 그 장식을 이루고 있다. 그 작은 꾸밈들이 세상의 부패를 막는 소금이다.

> 여기까지 와서 보니
> 장치는(生을 아름답게)
> 소금이었다
> 소금 간에 물 타는
> 날파리들을 외면하면서

김영태는 정치를 통증으로만 경험한다. 정치는 모든 모성적인 것들을 잔인하게 억누르는 난폭함이다. 「패러디풍으로」는 그의 시에는 드물게 보이는 정치비판이다. 그러나 이 시에서는 아이러니가 이미지의 형성을 방해하고 있다.

> 끼리끼리 세상 행진
> 가을도 아닌데 오매! 단풍 드네
> 벌레 먹은 잎사귀들
> 루주 칠해봤자 저 살벌한
> 주먹 쥐어봤자!

김영태로서는 어떻거나 체험한 경험을 확정해볼 필요가

있었을 것이다. 그러나 넘실거리고 솟구치는 경험적 시간은 풍경의 수평적 평온을 파괴한다. 그의 시에 고유한 사랑의 이미지 대신에 분노와 야유의 진술이 시의 전경을 차지한다. 결국 김영태는 "세상을 모를수록 처세도 버려야"(「캐주얼」) 하겠다고 결심하고, "빈 그릇 하나 아주 비어도 괜찮으니"(「다 버렸으니」)라는 체관에 이른다. 「불타는 마즈르카」는 그의 현실인식을 잘 드러내는 작품이다. 독일의 안무가 피나 바우쉬의 무용을 기술한 형식의 이 시에서 시의 언어는 한편으로 무용에 대해 기술하면서 다른 한편으로 현실에 대해 기술한다. 네 트럭분의 흙이 무대에 가득하고 인부들이 무덤을 파고 또 판다. 개목걸이를 한 귀부인이 남자에게 끌려가고, 꽃밭에는 경찰견이 가득하고 어항에는 인간이 유영한다. 포장된 평화와 무기력한 요식행위들. 다만 땡땡이 치마 속에 드러난 음부가 긴장된 존재의 표지를 지니고 있다. 현실이 각박할수록 김영태는 풍경 같은 사람들을 그리워한다. 그러한 사람들 중의 한 분이 난정 어효선 선생이다. 초등학교 시절 은사인 그분은 김영태에게 나무도장을 새겨주었다. 김영태는 어효선 선생을 "절 받으셔야 할 참스승"(「나무도장」)으로 모신다. 「신작로」는 어느 날 문득 떠오른 어린 시절의 이미지들을 모아 놓은 시이다. 이 시에서도 어효선 선생은 보자기에 싼 교과서를 들고 천천히 걷고 있다. 노천명 문패가 달린 집이 나오고 포목점집 손자가 나오고 만주 어디론가 팔려가던 여자들이 나온다. 아무것도 그려져 있지 않은 신작로에 이미지들이 나타났다가 꿈이 생시를 잡아먹고 미친 듯이 지나간다. 신작로에는 다시 아무것도 없어졌다. 유년시절을 그리워하는 것은 순진함에 대한 향수이다. 사람들은 늙으면 어린 시절을 젊었을 때보다 더 잘 기억한다. 그것은 다가올 죽음과 지나간 유년시절을 합치시키고 싶은 희망의 표현이다. 사람들은 추억을 절실하게 느낄 때 비록 그것이 고통스러운 추억이라 하더라도 그 추억을 사랑하게 된다. 추억 속에서 잃어버린 사랑은 다시 찾은 사랑이 된다. 잃어버린 낙원만이 진실한 낙원이다.

젖빛 안개
집게손가락으로 건지는 물방울
몽정으로 젖은 추운 나뭇잎새들
네 가느다란 팔
경사의 입맞춤
팔과 늑골 사이
오디빛 乳頭

「夜想曲」의 각 행은 명사들로 끝나고 있으나 동사들과 형용사들이 명사들을 강력하게 결속하고 있다. 몽정하는 나뭇잎과 오디빛 유두는 안개와 물방울에 젖어 있고 명사들의 상호작용의 복판에는 비스듬한 입맞춤이 있다. 동사들과 형용사들은 명사들에 유동성을 부여한다. 사물과 인간은 평등하게 영혼 깊은 곳에 뿌리내린 이미지들이 된다. 이미지와 이미지의 순간적인 얼크러짐이 논리로 입증할 수 없는 새로운 관계를 형성한다. 바슐라르의 말대로 입증하면서 사는 것은 더 이상 삶을 사는 것이 아니다. 몸의 일은 입증하는 것이 아니라 피어나는 것이다. 「素描集」에서 김영태는 "피어나는 것은/일이여, 그게 몸 아닌가?" 라고 말한다. 춤은 피어나면서 행복해하는 두 존재의 접촉이다. 「눈썹 鉛筆로 기다랗게」는 움직이는 춤이 아니더라도 존재의 접촉이 가능하다는 사실을 말해준다.

> 네 이마 아래
> 봄날에
> 졸리운 듯
> 汽車가 멈췄다가 지나가는
> 정거장이 두 개 있고

편안한 얼굴이다. 기차는 졸리운 것처럼 그의 이마 위에 멈췄다가 느릿느릿 떠나간다. 나도 그 정거장에 머물러 쉴 수 있을 것 같다. 그러나 오래 머물 수는 없다. 생각하지 못할 정거장이 갑자기 얼굴에 등장하여 눈썹을 세상만큼 확대한다. 김영태는 자신의 내면에서 꿈꾸고 있는 단어들을 끄집어내는 놀라운 몽상가이다. 그의 시는 짧다. 단어에서 허식을 제거하고 단어의 에너지를 통째로 끌어냈기 때문이다. 김영태는 물질의 방언을 탐색하는 언어학자이고 물질을 에너지로 변환하는 물리학자이다. 「찍새」라는 시는 사진에 대하여 말하고 있다. "연애 감정 없이/영점 1초에 피사체는/살아남지 않는다/온 몸 말초신경." 사진은 온 생애를 통해서 느낀 아름다운 순간들을 포착하는 작업의 결과이다. 사진의 이미지는 존재가 정성을 다하여 비의지에 자신을 내맡기는 순간에 포착된 의지이다. 이러한 비의지의 의지를 우리는 시선의 명상이라고 부를 수 있다. 시선의 명상이 삶의 지평선을 열어준다. 그리고 명상의 바탕은 연애감정이다. 본능의 역량을 간직하고 있는 사람들만이 이미지의 아름다움을 느낄 수 있는 것이다.

> 새 옷을 입혀도
> 헌 옷 같은 몸이 있다
> 내 몸 치수에 맞는 몸이여
> (얼마나 이쁘냐, 얼마나 뜨거우냐)
> 내게 와서 子時에
> 이리 문득 피었다 지는……

「늘그막에」는 은총처럼 찾아온 행복, 잠들어버린 줄 알았던 욕망을 불러일으켜준 체험의 기록이다. 우연의 선물이라고밖에 말할 수 없는 순수한 기쁨이 세상을 살 만한 것으로 만든다. 그것은 태고 이래로 반복되어온 기쁨이며, 또 언제나 새롭게 다시 피어나는 기쁨이다. 음악도, 그림도 시도 모두 이렇듯 오래된 정원들이다. 기쁨에는 심리적인 동기도 없고 논리적인 이유도 없다. 우리는 이 시에서 이야기를 찾으려고 하지 말아야 한다. 경이로움에 사로잡히면 이야기에는 거의 신경을 쓰지 않게 된다. 기쁨 앞에서 인간이 발할 수 있는 말은 감탄사 이외에는 없을 것이다. 기쁨은 인간의 한 순간과 세상의 한 순간을 결속시킨다. 원한과 앙심은 얼음 녹듯 사라지고 인간은 용서의 의미를 알게 된다. "인간을 용서하려고 여기까지 흘러왔다/늪지대가 많은 이곳"(「암스테르담 모차르트」). 본능의 역량을 보존하기 위하여 김영태는 지금도 쉬지 않고 공부를 한다. 「풍경인」에서 아무렇게나 세 대목을 골라 보자.

i) 극장에 드나드는 건 공부였다
공부라니? 예습 복습

ii) 다리(물리지 않는 공부)

iii) 처녀들이 와서 공부를
어깨에 메고 네거리를 건너간다
이끼 낀 눈에
없어지다 생기는
그 길을……

첫 대목에서 공부는 극장에 드나드는 일이다. 둘째 대목에서 공부는 춤추는 다리를 보는 일이다. 셋째 대목에서 공부는 김영태의 일이 아니라 김영태 자신이다. 김영태는 일흔이 되어서도 경탄할 수 있는 능력, 배우고 자신을 변화시킬 수 있는 능력을 가지고 있다. 「풍경인」의 다른 부분에서 김영태는 예술 공부가 곧 자기 확인의 길임을 다시 한번 스스로 다짐하고 있다.

有我(있느니, 그래 여기 '있다' 없는 것보다 나으리)
가늘게 숨 쉬며
숨었다 드러났다 이 허기를
다 못 채우고 罰서리오
저 허허벌판에

인간은 집요하게 존재한다. 존재하면서 인간은 무엇인가 만들어낸다. 무엇보다 인간은 자기 자신을 만들어낸다. 시대와 환경을 탓해보아야 인간은 끝내 자기가 만든 자기에 대하여 책임을 지지 않을 수 없다. 마케팅 사회의 언어에는 자기가 없다. 그러므로 우리는 일종의 하부언어로 말하려고 노력해야 한다. 양지를 비켜서서 음지에 머무르며 유용한 언어와는 다른 언어를 자기 안에서 끌어내야 한다. 삶과 시 사이에서 김영태가 걸어온 역정은 새로운 언어를 말하고 싶어 하는 우리 모두에게 하나의 전범이 될 것이다. ▨